W0198511

SOPA DE LLIBRES

© 2005, Joan de Déu Prats
© 2005, Monse Fransoy, per les il·lustracions
© 2005 d'aquesta edició: Editorial Barcanova, SA
Mallorca, 45, 4a planta. 08029 Barcelona
Telèfon 932 172 054. Fax 932 373 469
e-mail: barcanova@barcanova.cat
www.barcanova.cat

Disseny: Manuel Estrada

Cinquena edició: maig de 2009

ISBN: 978-84-489-1756-2
Dipòsit legal: B-582-2009

Imprès a Gràfiques 92, SA
Avda. Can Sucarrats, 91
08191 Rubí
Printed in Spain

Reservats tots els drets. El contingut d'aquesta obra està protegit per la llei, que estableix penes de presó i multes, a més de les indemnitzacions corresponents per danys i perjudicis, per a aquells que reproduïssin, plagiessin o comuniquessin públicament, totalment o parcialment, una obra literària, artística o científica, o la seva transformació, interpretació o execució artística fixada en qualsevol tipus de suport o comunicada per qualsevol mitjà sense l'autorització preceptiva.

El remolí fantasma

SOPA DE LLIBRES

Joan de Déu Prats

El remolí fantasma

Il·lustracions
de Monse Fransoy

BARCANOVA
EDITORIAL

Un ventet
va sortir de la xemeneia,
va apagar el foc de la llar
i va formar un remolí
amb els encenalls i les cendres.
Després… després, el remolí
es va perdre casa endins.
Aquell mateix estiu,
durant les vacances,
la Laia i el Marc van visitar
el seu cosinet Albert,
que vivia en una masia.
–Veniu, que us ensenyaré la casa!
–va proposar-los l'Albert,
tot content de veure'ls.

I els ensenyà el celler,
l'establia, la gran cuina,
les habitacions, el pati amb pou...
El que més agradà als nens, però,
van ser les golfes.
Era una sala gran
de sostre inclinat,
amb un munt d'andròmines
cobertes d'una capa de pols
i teranyines. Hi havia
antics estris de llaurar,
sacs d'espart, un trabuc,
una gàbia de lloro,
un balancí que grinyolava,
baguls amb roba
que feia olor de naftalina,
un gramòfon, nines antigues,
fotos velles i alguns jocs d'infància.

Els nens hi pujaven, sovint,
en aquelles golfes,
i s'hi passaven l'estona remenant
i jugant a fet i amagar.

Un dia, el Marc i la Laia van trobar un disc antic i van demanar a l'Albert que el posés al gramòfon.

El nen va començar a fer girar la maneta de l'aparell i, de sobte, un cop de vent va sortir de l'altaveu i els va estarrufar els cabells. Tots tres es van quedar ben parats.

–Renoi! Quin mal geni que té aquest gramòfon! –va fer broma el Marc.

–Doncs jo no em quedo sense ballar –li contestà la Laia.

I agafà l'Albert per la mà i van començar a girar agafats com fan els grans, mentre taral·lejaven una cançoneta.

TAP
TAP

Aquella nit, tots tres nens
es van quedar adormits de seguida
perquè havien jugat de valent.
De matinada, però, la Laia
es va desvetllar perquè va sentir
el so d'unes passes a les golfes.

–Desperteu! Em sembla
que hi ha algú al pis de dalt.

–No m'amoïnis!
–protestà son germà,
que es girà d'esquena.

–Deuen ser ratolins!
–va dir l'Albert,
també amb els ulls tancats.

La nena va intentar
adormir-se un altre cop,
però, de tant en tant,
tornava a sentir
aquelles passes ofegades.

Finalment,
es desvetllà completament
i, molt encuriosida i sense por,
s'aixecà i va pujar a les golfes.
Va parar l'orella a la porta
sense sentir res.

Va dubtar un instant,
però de seguida es decidí,
va encendre la llanterna,
perquè les golfes
no tenien llum elèctrica,
va girar el pany
i va entrar-hi ben a poc a poc.
El raig de llum de la llanterna
anava enfocant
les andròmines apilades,
que, de cop i volta,
formaven ombres
allargassades i inquietants.

Tot d'una, es va sentir un gemec,
i la nena se sobresaltà.
Però només era un ninot de goma
que havia trepitjat.
Va continuar avançant
i va tenir un altre ensurt

quan es va veure reflectida
en un mirall vell.

Uns instants després,
es va girar sobresaltada
perquè va sentir aquelles passes
ofegades rere una prestatgeria.
S'hi apropà decidida i, aleshores,
un ventet, com el que havia sortit
del gramòfon, se li ficà per un camal
dels pantalons del pijama
i li va sortir pel coll
de la samarreta.

El borrissol del clatell
se li va posar de punta,
a la Laia, i li va caure
la llanterna a terra.

–Ai, mare! –es va exclamar.

I, com va poder,
a empentes i rodolons,
va aconseguir sortir de les golfes
i tancar la porta.
Va baixar els esglaons
de tres en tres,
es va ficar dins el llit
i es tapà fins als ulls,
mentre el cor li bategava
com si volgués escapar-se-li del pit.

L'endemà, la Laia no va voler
pujar a les golfes.

Al cap d'uns quants dies, però,
el Marc i l'Albert s'encaparraren
de tornar-hi per agafar
un vaixell atrotinat.
Volien fer-lo navegar per l'estanyol
que hi havia a prop del mas.

I quin ensurt van tenir tots tres
quan van obrir la porta
i van trobar tot ple d'estris
i trastets giravoltant a l'aire
en una mena de remolí!

–Ahhhhhhh! –van cridar, alhora, els menuts.

Van tancar la porta
i van anar corrents
a buscar els pares de l'Albert.

–A les golfes hi ha un fantasma! –cridaven plegats.

Els pares es van mirar els nens, incrèduls, però com que no paraven d'insistir, van pujar a les golfes, van obrir la porta i van trobar-ho tot al seu lloc, com sempre.

–La tele us infla el cap!
–els van renyar.
I els menuts,
sentint-se incompresos,
se n'anaren a fer una volta
per espolsar-se la por.

A la nit
els nens no van sentir res,
encara que van dormir
amb l'orella parada
i un ull mig obert.
Però encara no s'havien oblidat

d'aquells fets extraordinaris
que, una matinada, va ser l'Albert
qui va sentir passes ofegades
a les golfes.
I d'una estrebada
va despertar els seus cosinets.
–Mai no havia sentit trepitjades
abans... –s'estranyà l'Albert.
–Hem de fer alguna cosa!
–va reaccionar la Laia.
Els nens van parar atenció,
i una esgarrifança
els va resseguir l'esquena.

TAP
TAP

–La solució és comprar-nos taps de cera per a les orelles! –va dir a la fi el Marc, i procurà tornar a adormir-se.

L'endemà, però, els dos nens es van quedar ben sorpresos quan van veure la Laia traginant l'aspirador fins a les golfes, tot aprofitant que els pares de l'Albert havien baixat al poble a comprar.

–On vas amb això?

–A caçar el fantasma!
–va respondre la nena
ben decidida.

Una vegada van ser a dalt, la Laia se situà davant del gramòfon.

–Ara, quan t'ho digui, Albert, fes girar la maneta de l'aparell. Estic segura que el fantasma s'hi amaga a dins!

El nen, sense veure-ho gaire clar,
va obeir. Primer no va passar res,
però, tot d'un plegat,
se sentí un espetec sec
i un ventet va sortir disparat
i es va transformar en un remolí.
Abans no comencés a fer girar
tot el que trobés al seu abast,
la Laia engegà l'aspiradora
a la màxima potència
i apuntà el tub al remolí.
Un instant després,
l'havia xuclat completament.
Llavors va treure la bossa
de l'aspiradora
i va exclamar victoriosa:
–Hem atrapat el fantasma!
Ja el tenim!

Tanmateix, de cop i volta,
la bossa esclatà.
I el remolí, alliberat,
va aparèixer més gran i potent.

–Em penso... em penso
que s'ha enfadat...
–va encertar a dir el Marc.

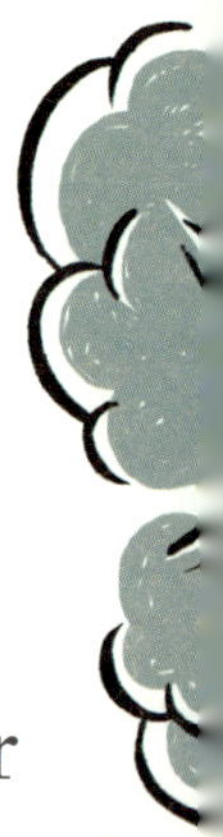

El remolí, però, es desplaçà
fins a una pila de diaris vells.
I els diaris van començar
a giravoltar fins a formar
la figura d'un fantasma.

–Què... què vols? –va preguntar
l'Albert mig mort de por.

La Laia també tremolava,
però alguna cosa li deia
que no s'havia d'espantar.

Observà aquella aparició
sorprenent amb atenció
i va dir molt lentament:
–Crec que ens vol dir
alguna cosa...

El remolí va deixar de girar
i els papers de diari
van quedar estesos a terra.
Tot seguit, el ventet va escampar
sobre les rajoles un munt de lletres
de fusta d'un joc antic.
I les lletres van començar
a ordenar-se, com per art màgica.

Els nens, aleshores,
van poder llegir:

«Sóc un aprenent de fantasma
una mica poruc. Fa poc,
durant la meva primera
ronda de nit per espantar la gent,
un nuvolàs va tapar la lluna,
no es veia res i em vaig atemorir.
Aleshores vaig veure una llum
i m'hi vaig apropar d'una revolada,
però resulta que em vaig ficar
dins una xemeneia
i vaig anar a parar
a les flames d'una llar de foc.
Portava tanta empenta
que vaig apagar el foc
i vaig fer volar les cendres.

Tothom es va espantar,
i jo el primer!
I em vaig amagar on vaig poder:
dins aquest gramòfon de les golfes!
I fins ara no m'he atrevit a sortir
d'aquesta habitació!

Però jo no vull espantar ningú!»

Els nens tenien la boca oberta
i no podien moure
ni una sola pestanya.
Després d'una llarga estona,
la Laia va reaccionar
i se li va il·luminar la mirada.
–Tinc una idea.
I, amb veu dolça, va dir
al fantasma que l'ajudarien.
–Però has de prometre
que no espantaràs mai més ningú.

El fantasma va udolar que sí,
i aleshores la Laia li demanà
que tornés a ficar-se
dins el gramòfon.
Després, els nens van esperar
que fos negra nit.

Llavors s'aixecaren del llit
i, quan van veure
que la lluna era ben alta al cel,
van agafar l'aparell i, de puntetes,
el van treure fora de casa.
I, sota un gran arbre,
quan va bufar l'aire,
van fer girar la maneta
i el remolí fantasma
va sortir disparat
i es va barrejar
amb aquell ventet.

Aleshores, per primera vegada,
va sonar una cançó pel gramòfon.
Era una bella melodia de comiat.
Tots tres es van mirar
contents i emocionats alhora,
i van dir plegats:
–Adéu-siau, fantasma!

La resta de vacances
van ser molt divertides.
I, a la tardor,
quan el Marc i la Laia
tornaven a ser a ciutat,
van rebre una postal del mas.
40 Hi posava:

«Els veïns estan força sorpresos.
Cada nit, un remolí
travessa els carrers
i s'emporta giravoltant
totes les fulles caigudes dels arbres.
Ara el poble està ben net!
Una abraçada,
Albert»

Han escrit i han dibuixat...

Joan de Déu Prats

Una vegada vaig veure un fantasma que giravoltava amb una capa negra damunt la torre d'un castell. Quan vaig pujar a la torre, el fantasma ja no hi era. Des d'aleshores sempre m'ha quedat al pap aquesta pregunta: «Què em volia dir, aquell fantasma?».

Com que mai més no he vist fantasmes, m'he hagut de contestar jo mateix aquesta pregunta. Penso que els fantasmes són éssers desorientats que necessiten ajuda. Com el fantasma d'aquesta història que, poruc de mena, s'amaga dins un gramòfon. I gràcies al valor i el bon cor dels protagonistes, finalment troba el seu camí.

No tingueu mai por dels fantasmes. I si aconseguiu que us responguin, feu-m'ho saber de seguida!

També he escrit altres històries sobre fantasmes, però si us he de ser sincer, prefereixo escriure sobre àvies que volen, arbres que pensen, animals que s'escapen del zoo o nens més intel·ligents que els adults.

Editorial Barcanova ha publicat llibres meus on parlo d'un megacapità galàctic i un home invisible, i sobre un viatger que explora castells. I he guanyat alguns premis de contes per a nens i nenes.

Monse Fransoy

De petita, mai no havia pensat de ser dibuixant. Si em preguntaven què faria de gran, no em decidia: que si paleta, que si fuster, que si titellaire, que si jardiner com l'avi...

Un dia em vaig trobar en una escola estudiant il·lustració i, des d'aleshores, no he fet altra cosa. Pensava que havia tingut molta sort perquè ara podia fer tot allò que sempre m'havia agradat: podia construir una casa amb un llapis i moblar-la amb un pinzell, podia fer els vestits dels meus titelles sense haver de necessitar cap màquina de cosir i, a més, no havia de patir mai per si se'm pansien les flors, ja que eren fetes de pintura. Fins i tot, podia fer sorgir un superheroi d'un pot de tinta!

Tot semblava anar de primera fins que em vaig adonar que els dibuixants signen les seves il·lustracions, i jo tenia un problema greu amb el meu nom!: la lletra *t* sempre em feia nosa, perquè era massa llargaruda.

Com que aquesta lletra no sona, vaig pensar que ningú no se n'adonaria, si la treia. I aquesta és la raó per la qual jo, la Monse, he guardat la meva *t* en una capsa (per si mai la torno a necessitar!).